JUN

Le fantôme du lac

Un voyage en Bugatti pour Diane.

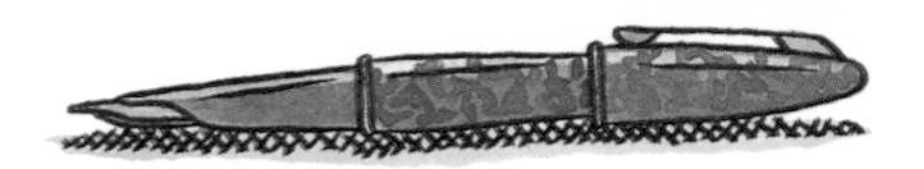

Jean-François Ménard est né en 1948 à Paris, où il habite toujours. Aujourd'hui, malgré ses nombreuses passions (la musique, les voyages et les voitures anciennes), il se consacre exclusivement à l'écriture et s'accorde occasionnellement le privilège de rencontrer des fantômes ! Ses romans sont publiés aux éditions de L'École des Loisirs, Gallimard, Hachette et Bayard Éditions.

La Mouche (de son vrai nom Peters Day) est né en 1950 au Texas. Dessinateur de presse, il travaille pour de grands périodiques français et étrangers, et partage son temps entre la France, l'Angleterre et les États-Unis. En parallèle, il illustre des livres pour les enfants qui sont publiés aux éditions Hachette, Rouge et Or, Pavilion Books et Warner Books. Passionné de musique irlandaise (il joue du banjo et de la mandoline), de cuisine italienne, de peinture vénitienne, il a aussi un goût prononcé pour l'aventure, comme en témoigne son tour du monde à pied.

Du même illustrateur dans Bayard Poche :
Le visiteur de minuit - *Biglouche* (J'aime lire)

Bayard Éditions est une marque
du département Livre de Bayard Presse

ISBN 2.227.72350.5

Le fantôme du lac

Un roman de Jean-François Ménard
illustré par La Mouche

BAYARD ÉDITIONS

1

Le coup de la panne

J'avais vingt ans, et c'était ma première voiture. Une voiture comme celle-là, je lui devais le respect. D'abord, parce qu'elle était née bien avant moi, en 1967 exactement, ensuite parce qu'elle n'avait pas un caractère facile. Le garagiste qui me l'avait vendue une semaine auparavant m'avait prévenu :

– À cet âge-là, il faut savoir les prendre. Évitez le froid, la chaleur et les longues distances. À part ça, elle tourne comme une horloge. La 404, c'était leur meilleur modèle, chez Peugeot. Soignez-la bien. Dans quelques années, ce sera une voiture de collection.

Il avait oublié de me dire qu'elle n'aimait pas non plus l'obscurité. Ce soir-là, le 24 octobre 1996 – je ne suis pas près d'oublier la date –, c'était la première fois que je la sortais après le coucher du soleil. De toute évidence, elle n'aimait pas ça. Lorsque la nuit avait commencé à tomber, le moteur s'était mis à faire un drôle de bruit : on aurait dit une sorte de hoquet métallique, comme si les pistons avaient été soudain pris d'un fou rire. Ils avaient l'air de bien s'amuser, mais je ne me sentais pas d'humeur à partager leur hilarité : la route était déserte, on était en rase campagne et il commençait à faire froid.

– On n'en a plus pour longtemps, on sera bientôt rentrés !

J'avais prononcé cette phrase à voix haute, presque malgré moi, et je ne savais pas très bien si j'avais voulu me rassurer moi-même ou si je m'étais adressé à la voiture pour essayer de la convaincre d'aller jusqu'au bout. En plus, j'avais un peu menti : il restait une bonne soixantaine de kilomètres avant d'arriver à la maison.

C'est peut-être le mensonge qui l'avait choquée. En tout cas, les pistons cessèrent brusquement de rire, et la voiture s'arrêta en douceur après avoir parcouru encore une trentaine de mètres. Je me sentis pâlir dans le noir. J'actionnai frénétiquement le démarreur, mais le moteur refusa de repartir. Au bout d'un moment, la batterie montra des signes de faiblesse : chaque fois que je tournais la clé de contact, j'entendais un gémissement de plus en plus traînant, comme un vieux disque qui pleure. Il n'y avait plus rien à faire. Je sortis de la 404 pour la pousser sur le bas-côté.

Il faisait nuit noire à présent, et je ne voyais pas la moindre lumière à l'horizon. La seule clarté venait des phares de la voiture. Pour économiser le peu d'énergie qui restait dans la batterie, j'éteignis les codes et ne laissai allumés que les feux de position. Il me sembla que la température avait brusquement baissé. Je me mis à grelotter. Pour être honnête, il faut avouer que le froid n'était pas seul responsable de mes tremblements : j'avais un peu peur aussi. Seul, sans autre lumière que les phares incertains de la 404, ne sachant pas très bien à quelle distance se trouvait le prochain village, je m'imaginais passant la nuit dehors dans d'épaisses ténèbres, un froid glacial, et le ventre vide. Car je n'avais pas encore dîné.

Dix minutes s'écoulèrent pendant lesquelles je me demandais ce qu'il convenait de faire : marcher droit devant en espérant trouver une maison ? On ne m'ouvrirait sûrement pas.

Valait-il mieux attendre dans la voiture que quelqu'un passe? Attendre jusqu'à quand? La route n'était pas très fréquentée. J'y avais fait des kilomètres, et je n'avais croisé personne. Et si quelqu'un passait, il ne s'arrêterait pas forcément. On n'aime pas les gens en panne dans les endroits déserts. Surtout quand ils ont moins de soixante ans.

J'en étais là de mes interrogations lorsqu'il me sembla discerner un vrombissement lointain, comme un bruit de moteur. Je tendis l'oreille: le bruit se rapprochait. Plein d'espoir, je scrutai l'obscurité. J'aperçus alors le scintillement de deux phares qui se déplaçaient à bonne distance. Leur lueur disparut quelques instants derrière un bosquet d'arbres, puis se montra à nouveau. La voiture allait vite, mais je me trouvais au milieu d'une longue ligne droite. Le conducteur me verrait sûrement de loin et aurait le temps de s'arrêter. Si toutefois il consentait à le faire...

Un instant plus tard, les phares apparurent au bout de la ligne droite, deux gros phares ronds, éblouissants, qui filaient vers moi. Je me rangeai sur le bord de la chaussée et agitai les bras. Tout d'abord, la voiture ne sembla pas vouloir ralentir.

Le rugissement de son moteur faisait vibrer la campagne environnante comme si un avion était passé à basse altitude. C'était sûrement une voiture de course... Je fis des signes de plus en plus énergiques, en sautant presque sur place. Le régime du moteur ralentit alors quelque peu et je vis s'avancer vers moi un engin auprès duquel ma vieille 404 pouvait passer pour le dernier cri de la technologie automobile des années 90...

J'avais vu le même genre de voitures dans des films des années 30, ou dans des livres sur l'histoire de l'automobile, mais je n'imaginais pas que quelqu'un puisse rouler là-dedans, et en pleine nuit de surcroît ! Une vraie pièce de musée !

La chose s'arrêta à ma hauteur et une jeune femme coiffée d'un large chapeau se pencha à la portière.

– Qu'y a-t-il ? demanda la femme.

J'expliquai mon cas.

– Montez ! dit-elle alors. Mais pour l'amour du ciel, hâtez-vous, je suis affreusement pressée !

Interloqué, j'eus un instant d'hésitation. Le volant de l'antiquité se trouvait à droite, comme dans les voitures anglaises, et je dus faire le tour pour aller m'installer à côté de la conductrice. Au passage, je pris la précaution d'éteindre les feux de position de la 404. Inutile de décharger complètement la batterie. Lorsque je m'assis à côté de la jeune femme, la température me parut plus glacée encore qu'à l'extérieur. Je frissonnai des pieds à la tête et serrai contre moi les pans de mon vieil imperméable.

– Si vous pouviez me déposer dans un garage..., commençai-je.

– Les garages sont fermés à cette heure-ci, coupa sèchement la conductrice.

En disant cela, elle avait démarré en trombe. Quelques secondes plus tard, nous avions atteint une vitesse qui aurait fait rouiller de jalousie ma vieille 404.

Je tournai vers la jeune femme un regard ébahi et pris alors en plein dans l'œil le bord de son immense chapeau.

– Faites donc attention, vous allez abîmer mon chapeau ! lâcha-t-elle avec mauvaise humeur.

Je bredouillai quelques excuses et me frottai l'œil en contemplant à la dérobée son long manteau au col et aux manchettes de fourrure, qui paraissait aussi démodé que sa voiture.

– Ça vous étonne de voir une femme conduire une automobile ? dit-elle.

–Pas du tout, répondis-je. C'est plutôt votre... votre voiture qui m'étonne... Je ne pensais pas que ces vieux modèles pouvaient rouler aussi vite...

–Vieux? Le dernier modèle de chez Bugatti? s'indigna-t-elle. Je peux rouler beaucoup plus vite encore!

Elle appuya sur l'accélérateur, et la voiture, en effet, fila comme une bombe entre les deux rangées de platanes qui bordaient à présent la route. C'était un cabriolet, et la capote était relevée, mais un courant d'air glacial s'infiltrait à l'intérieur en sifflant comme le vent d'un film d'épouvante.

–Alors? Vous êtes convaincu? me demanda la jeune femme.

Je l'étais, sans aucun doute. Avec un sourire satisfait, elle consentit à ralentir.

–Vous ne direz plus que c'est un vieux modèle?

–Je vous le promets!

–En revanche, vous pourriez me dire votre nom. Nous n'avons pas été présentés, poursuivit-elle du même ton cassant.

–Je... je m'appelle Guillaume...

–Guillaume comment?

–Vernier... Guillaume Vernier.

–Très heureuse de faire votre connaissance. Je suis Bérengère de Saint-Julien Lespingues.

– En... enchanté..., balbutiai-je, me sentant soudain presque honteux de m'être présenté sous un nom si banal.

– Vous avez entendu parler de moi, j'imagine ?

Pris de panique, je fis fonctionner tous les rouages de ma mémoire, mais sans succès : ce nom m'était totalement inconnu.

– Mon nom ne vous dit rien ? insista-t-elle.

– J'ai... une très mauvaise mémoire, répondis-je en guise d'excuse.

– Je suis l'épouse – ou plutôt la veuve – du comte Aldebert de Saint-Julien Lespingues...

– Ah... Je... je vois..., assurai-je sans rien voir du tout.

– Et vous ?

– Oh, moi, je suis célibataire...

– Vous êtes très jeune, en effet... Où alliez-vous ainsi, sur cette route déserte ?

– Je rentrais chez moi. J'habite à côté de Bourges. J'ai passé la journée chez des amis.

– Vous auriez dû coucher chez eux. Vous auriez évité de me retarder.

– Je... j'y avais pensé..., mais... il faut que je rentre travailler...

– À cette heure-ci ? Un samedi ?

– Je suis étudiant. Il n'y a pas d'heure pour étudier...

– Qu'étudiez-vous ?

– La gestion.

– Pardon ?

– La gestion...

– Qu'est-ce que c'est que ça ? demanda-t-elle d'un air effaré.

– J'apprends à gérer...

Bérengère de Saint-Julien Lespingues tourna vers moi un regard perplexe. Elle avait lâché la route des yeux. La Bugatti fit une embardée qui faillit nous jeter sur un platane. La jeune femme redressa la trajectoire de justesse.

– Je ne comprends pas grand-chose à ce que vous dites, mais j'espère que vous aimez le sport, reprit-elle.

– Pas le sport automobile en tout cas, répondis-je d'une voix blanche.

– Je ne vous demande pas de conduire. Je vous demande seulement d'être souple et rapide.

– Pourquoi cela ? m'inquiétai-je.

– Parce que vous allez m'aider. Autant que vous serviez à quelque chose.

– Vous aider ? Vous aider à faire quoi ?

– Je vais vous expliquer. Pour l'instant, prenez ceci. Vous savez vous en servir ?

Elle fouilla dans la boîte à gants et en retira un

objet qu'elle me mit dans les mains. Un objet dur, lourd et froid.

En l'examinant d'un peu plus près, je ne tardai pas à m'apercevoir qu'il s'agissait d'un pistolet.

2

L'Aigle d'argent

– Faites attention, il est chargé, m'avertit Mme de Saint-Julien Lespingues.

Stupéfait, je regardais alternativement l'arme que je tenais entre mes mains et le visage impassible de la jeune femme.

– Je suis étudiant, pas tueur à gages, parvins-je à articuler.

– Je ne vous demande pas de tuer qui que ce soit, je vous donne simplement le moyen de vous défendre.

– Me défendre ? Contre qui ?

– Un ennemi redoutable qui, lui, n'hésitera pas à vous tuer !

– Je n'ai pas d'ennemi...

– On voit que vous ne le connaissez pas ! répliqua

d'un ton péremptoire Bérengère de Saint-Julien Lespingues.

Elle aborda un virage trop vite. La Bugatti dérapa et faillit, une fois de plus, sortir de la route. Cette fois, je jugeai qu'il était temps d'en finir.

– Vos ennemis ne m'intéressent pas, dis-je sèchement. Reprenez cette arme et laissez-moi descendre, je me débrouillerai pour trouver un garage.

– N'y comptez pas ! J'ai perdu suffisamment de temps à cause de vous. Je ne m'arrêterai certainement pas une deuxième fois. Écoutez plutôt ce que j'ai à vous dire. Comme vous l'avez sans doute lu dans les journaux, mon mari a été assassiné il y a deux mois.

– Je ne lis pas les journaux, mais je suis navré d'apprendre la nouvelle.

Ce n'était pas une simple formule de politesse. À ma grande surprise, un mystérieux sentiment de compassion m'avait envahi.

– Bien que vous soyez singulièrement ignorant de ce qui se passe dans le monde, reprit-elle, j'imagine que vous avez quand même entendu parler des établissements Dudant-Lespingues ?

Ce nom ne me disait rien, mais je ne voulais pas aggraver mon cas, et décidai de mentir un peu.

– Sans doute, balbutiai-je, embarrassé, mais je n'y ai pas prêté grande attention.

– Vous avez eu tort ! L'aviation ne vous intéresse donc pas ?

– Pas vraiment...

– Elle a pourtant un grand avenir ! Vous ne me semblez pas très moderne pour un garçon de votre âge !

Pas moderne, moi qui passe mes journées et une partie de mes nuits à étudier les techniques de gestion de l'an 2000 ? Moi qui suis abonné à une demi-douzaine de revues d'informatique et qui possède un ordinateur ?

– Rouler en Bugatti, ça, c'est moderne ! fis-je remarquer d'un ton narquois.

– Ah ! Vous reconnaissez enfin les qualités de ma voiture ! répondit-elle avec fierté.

Elle était désarmante – bien qu'elle m'ait donné un pistolet ! –, et je décidai de ne pas insister.

– C'est parce qu'il était sur le point de fabriquer le prototype d'un avion révolutionnaire que mon mari a été assassiné, reprit-elle. Il a été tué par un agent secret au service d'une puissance étrangère, ce même agent qui s'apprête, ce soir même, à voler les plans de l'*Aigle d'argent*.

– L'*Aigle d'argent* ?

– C'est le nom de l'avion. Et vous allez m'aider à démasquer le coupable.

–Moi?

–Vous.

–Mais je refuse! m'indignai-je.

–Sachez, jeune homme, que l'*Aigle d'argent* a été conçu pour donner à l'armée française la suprématie dans les airs. La guerre aérienne, c'est l'avenir! Si l'ennemi parvient à s'emparer des plans de cet avion, la France perdra un trésor inestimable! Vous n'allez tout de même pas abandonner votre pays au moment où il a besoin de vous?

Cette femme était folle, c'était la seule explication possible. Il fallait à tout prix lui échapper.

–Arrêtez-vous, je veux descendre, dis-je d'une voix impérieuse.

–Ne vous inquiétez pas, vous allez descendre.

En effet, à mon grand soulagement, la Bugatti ralentit. Mais au lieu de s'arrêter, elle quitta la route pour s'engager dans une allée au bout de laquelle on voyait briller les fenêtres d'une immense maison.

–Vous allez descendre, répéta Mme de Saint-Julien Lespingues, car nous sommes arrivés.

–Arrivés où? demandai-je avec méfiance.

–Chez Oscar Dudant, l'ancien associé de mon mari. C'est lui, désormais, qui préside aux destinées de la Société aéronautique Dudant-Lespingues. Et c'est chez lui que se joue ce soir l'avenir de l'aviation française.

–Eh bien, il se jouera sans moi, assurai-je. Même si je dois faire dix kilomètres à pied, je vous quitte !

–Non, ne partez pas, dit alors la jeune femme d'un ton soudain radouci, presque suppliant.

Elle tourna légèrement son visage vers moi, et je sentis dans son regard une détresse qui me bouleversa. En même temps, une force mystérieuse semblait me retenir auprès d'elle. J'avais l'impression que si je l'abandonnais en cet instant, je me rendrais coupable d'une lâcheté qui me donnerait à jamais mauvaise conscience.

–Vous allez m'aider, n'est-ce pas ? insista-t-elle.

Je n'eus pas le cœur à lui dire non.

–J'étais sûre que vous finiriez par accepter ! s'exclama-t-elle avec enthousiasme. Ah ! un conseil avant de sortir de la voiture : rangez donc ce pistolet, ça fait mauvais genre...

Et c'était elle qui me disait cela ! J'étais tellement interloqué que je n'eus même pas la présence d'esprit de répondre. Je glissai machinalement le pistolet dans la poche de mon imperméable pendant que la Bugatti s'arrêtait en douceur devant un large escalier de pierre. J'ouvris alors la portière. Un valet en habit se précipita vers moi, jeta un coup d'œil surpris à l'intérieur de la voiture et referma la portière sur mon genou, au moment où je m'apprêtais à descendre. Je laissai échapper une exclamation de douleur, tandis que le valet faisait le tour de la Bugatti pour aller ouvrir l'autre portière.

– Cet imbécile l'a fait exprès ! m'indignai-je.

– Allons, pas d'esclandre, chuchota Bérangère. Il ne vous a pas vu, tout simplement. Regardez vos vêtements. Comment voulez-vous qu'on vous voie, habillé ainsi ?

J'en restai bouche bée. Mais avant que j'aie eu le temps de répliquer, Bérangère était déjà sortie de la voiture, et je me dépêchai d'en faire autant. D'un geste discret, la jeune femme me fit signe de la suivre. Elle monta alors les marches de l'escalier de pierre et franchit une large porte vitrée. Un autre valet vint la débarrasser de son manteau. En dessous, elle portait une robe longue et noire, boutonnée jusqu'au cou. Une robe de deuil. Un châle de soie noire entourait ses épaules. À mon tour, j'enlevai mon imperméable pour le donner au valet, mais celui-ci était déjà parti sans m'avoir accordé un regard.

– Gardez votre imperméable, voyons ! chuchota Bérangère d'un air courroucé. Le pistolet est dedans !

Pendant quelques instants, il est vrai, j'avais oublié l'existence de cette maudite arme ! Devant nous s'ouvrait un immense salon où une bonne cin-

quantaine de personnes, coupe de champagne à la main, devisaient par petits groupes. Avec mon jean, mon blouson et mon vieil imperméable posé sur le bras, je me sentis soudain aussi mal à l'aise que si je m'étais trouvé en maillot de bain dans la boutique d'un bijoutier de la place Vendôme. C'était en effet une soirée habillée, très habillée même. Les femmes étaient vêtues de longues robes rétro et les hommes de smokings ou de redingotes. Dans un

coin du salon, quelques musiciens jouaient en sourdine une mélodie désuète qui ressemblait vaguement à un tango. Meubles, vêtements, musique, tout évoquait irrésistiblement les années 30.

– C'est un bal costumé ? demandai-je à Bérengère.

Elle n'eut pas le loisir de me répondre : un homme chauve au ventre avantageux, le menton agrémenté d'une barbiche soigneusement taillée, s'était précipité sur elle.

– Bérengère ! s'exclama-t-il. Je suis si heureux que vous soyez parmi nous ce soir !

– Oscar, je n'aurais manqué votre soirée pour rien au monde !

Tout en échangeant d'autres amabilités de la même insignifiance, le dénommé Oscar prit la jeune femme par le bras sans m'honorer du moindre regard et faillit me bousculer au passage, comme si je n'existais pas. Quant à Bérengère, elle ne songea pas à me présenter à son hôte, ni à son épouse, une créature longue et maigre au nez en bec de cigogne.

Cette indifférence à mon égard m'agaça passablement et j'amorçai un demi-tour pour me diriger vers le buffet : puisque je n'intéressais personne, autant me consoler avec une coupe de champagne ! Mais Bérengère fut plus rapide : elle se glissa derrière moi et coupa ma retraite.

– Allez m'attendre devant la porte du fond, je vous y rejoindrai dans deux minutes, marmonna-t-elle entre ses dents.

Ce ton cavalier m'horripila ; j'ouvris la bouche pour protester, mais la jeune femme m'interrompit d'un geste.

– Vous avez promis de m'aider, murmura-t-elle, avec ce même regard de détresse qui m'avait convaincu de la suivre jusqu'ici.

Cette fois encore, une force mystérieuse me poussait à obéir. Je fis taire mon irritation et me dirigeai presque machinalement vers le fond du salon. Personne ne me prêta la moindre attention. Lorsque, par hasard, quelqu'un tournait son regard vers moi, il semblait ne pas me voir, comme si j'étais aussi transparent qu'une vitre. Au moment où je parvenais devant la porte, un homme grand et sec, vêtu d'une redingote, ses cheveux lisses partagés en leur milieu par une raie impeccable, s'approcha de moi. C'était la première fois que quelqu'un remarquait ma présence en dehors de Bérengère. L'homme me dévisagea un instant en silence. Il clignait des yeux, comme s'il avait eu du mal à me voir. Puis il se pencha et se mit à chuchoter à mon oreille.

–Partez ! dit-il avec un léger accent anglais. Partez pendant qu'il en est encore temps. Le destin s'accomplira malgré vous...

Il poussa la porte et disparut dans un couloir sombre.

Lorsque la porte se fut refermée, un courant d'air glacé m'enveloppa. Il faisait tout à coup si froid que la tête me tourna ; j'eus l'impression que j'allais m'évanouir.

Ce fut Bérengère qui m'arracha à cet état second. Sa silhouette noire venait de surgir devant moi.

– C'est malin ! Vous l'avez laissé filer ! s'exclama-t-elle, furieuse. Prenez le pistolet et suivez-moi. Nous allons essayer de réparer vos bêtises !

3

Le colonel Portentous

Mme de Saint-Julien Lespingues me poussa dans le couloir où s'était engouffré l'homme à l'accent anglais, et je la suivis dans un dédale de corridors et d'escaliers obscurs qui nous mena au deuxième étage de la maison. J'avais toujours mon imperméable sur le bras et je sentais le poids du pistolet resté dans la poche.

–Prenez le pistolet et laissez tomber ce stupide vêtement, dit Bérengère dans un souffle.

La main un peu tremblante, j'empoignai l'arme, abandonnant mon imperméable dans un coin du couloir.

–Là, regardez ! murmura Bérengère. La porte entrouverte ! C'est le bureau d'Oscar. Le colonel est à l'intérieur !

–Quel colonel ?

–Le colonel Portentous. Un Anglais. L'assassin de mon mari. Il se fait passer pour un homme d'affaires, mais j'ai la preuve qu'il travaille pour les services secrets allemands. Ils l'ont payé très cher pour qu'il s'empare des plans de l'*Aigle d'argent*. Nous allons le prendre sur le fait !

Bérengère se glissa le long du mur jusqu'à la porte entrebâillée et jeta un coup d'œil à l'intérieur. Sans faire le moindre bruit, elle recula alors vers moi.

–On n'y voit rien, il fait trop sombre. Je vais entrer dans la pièce. Vous resterez derrière moi. S'il dégaine une arme, n'hésitez pas à tirer. Je me jetterai de côté.

–Je ne vais pas tirer sur quelqu'un que je ne connais pas ! protestai-je.

–Vous ne voulez pas me protéger ? Vous préférez qu'il me tue comme il a tué mon mari ?

Elle avait dit cela avec tant de candeur et d'une voix si triste que je me sentis soudain honteux de mes hésitations.

–Je... je ferai de mon mieux..., lui promis-je sans savoir si « mon mieux » serait très efficace en la circonstance.

Bérengère s'approcha à nouveau de la porte. Je

la suivais à moins d'un mètre, pistolet au poing, prêt à... À quoi, au juste ? Je n'en savais rien ! Lentement, elle poussa le panneau et pénétra à l'intérieur de la pièce. Elle fit quelques pas et je la perdis de vue dans l'obscurité. J'entendis alors une exclamation étouffée. Je ne voyais rien, seule la faible lumière du couloir éclairait vaguement l'entrée de la pièce. Je m'avançai à mon tour, le pistolet tendu devant moi.

– Jetez cette arme ou Mme de Saint-Julien va cesser de vivre !

La voix du colonel Portentous avait retenti dans les ténèbres comme si elle était venue de partout à la fois.

– Allons, posez cette arme !

J'entendis en même temps les cris étouffés de Bérengère. L'Anglais devait la bâillonner d'une main, et de l'autre la menacer d'un pistolet. Je ne pouvais pas tirer. Dans le noir, je risquais d'atteindre la jeune femme. Il fallait obéir. Lentement, je déposai mon arme sur le sol.

– Faites glisser le pistolet vers moi, ordonna le colonel.

Je m'exécutai en donnant un coup de pied dans la crosse de l'arme qui glissa sur le plancher et disparut dans l'obscurité. J'entendis à nouveau des cris étouffés et quelques bruits de lutte. Bérengère devait essayer d'échapper à l'étreinte de son agresseur.

Enfin, la jeune femme hurla soudain :

– Espèce d'idiot ! Il n'était pas armé !

– Je le suis à présent, ajouta le colonel d'un ton railleur. Avancez les mains en l'air.

– Faites donc ce qu'il dit, jeune sot, ce n'est pas le moment de vous faire tuer ! lança Bérengère.

J'obéis sans discuter, avançant prudemment de quelques pas dans la pièce. Un instant plus tard, le colonel alluma une lampe sur un grand bureau d'acajou, puis, nous tenant toujours en respect, il alla fermer à clé la porte de la pièce, étouffant ainsi l'écho des conversations et les notes de musique qui montaient du rez-de-chaussée.

L'air rageur, Mme de Saint-Julien Lespingues me jetait des regards assassins, comme si tout était ma faute. Nous nous trouvions dans un vaste bureau richement meublé au plafond agrémenté d'un lustre et aux murs ornés de photographies de vieux avions à hélices. L'une d'elles représentait le dénommé Oscar, debout près d'un de ces avions.

– Vous admirerez le décor plus tard, dit alors le colonel Portentous en s'adressant à moi. J'ai besoin de vous.

Il tira d'une poche de sa redingote un rouleau de grosse ficelle qu'il me lança.

–Vous allez attacher Mme de Saint-Julien, ordonna-t-il.

La ficelle à la main, j'hésitai un instant.

–Dépêchez-vous ! Faites ce qu'on vous dit ! s'exclama Bérengère. Je vous avais prévenu que le colonel était un homme dangereux. À cause de vous, nous sommes en son pouvoir ! Alors, attachez-moi, puisqu'il vous le demande !

Toujours sans un mot, je liai les mains de Bérengère dans son dos, mais en prenant la précaution de ne pas serrer trop fort. Ma tâche achevée, il restait un long morceau de ficelle que le colonel me fit signe de couper à l'aide d'une paire de ciseaux qui se trouvait sur le bureau.

–Maintenant, reprit le colonel, vous allez faire un nœud coulant au bout de la ficelle qui reste, puis vous fixerez l'autre extrémité à l'anneau auquel est accroché le lustre.

–Je refuse de vous obéir ! m'écriai-je, indigné.

–Faites ce qu'il vous dit, malheureux ! Sinon, il vous tuera et vous ne pourrez jamais retourner chez vous ! Il faut que vous puissiez retourner chez vous !

Elle avait parlé d'un ton désespéré, comme si le fait que je puisse retourner chez moi était beaucoup plus important que sa propre vie.

–Vous voulez donc être pendue ?

–Ce n'est pas grave, je m'en accommoderai, affirma Bérengère. Au nom du ciel, obéissez !

–Et vite ! Je commence à m'impatienter ! ajouta le colonel.

Montant alors sur une chaise, j'attachai l'extrémité de la ficelle à l'anneau d'où pendait le lustre, puis je fis un nœud coulant à l'autre bout. Bien que la ficelle parût solide, j'espérais qu'elle casserait sous le poids de Bérengère.

–Parfait, dit le colonel lorsque j'eus terminé. Et maintenant, Madame de Saint-Julien, montez là-dessus.

Il avança sous le lustre une table roulante.

–Auparavant, ce jeune homme va vous bâillonner soigneusement avec votre châle. Allons, ne traînons pas !

–Faites vite, souffla Bérengère. Lorsque vous serez de retour chez vous, vous raconterez ce que vous avez vu. La vérité ! Vous direz la vérité ! Allez-y, bâillonnez-moi !

Sa voix était tellement suppliante que je ne cherchai pas à discuter. J'ôtai délicatement le châle noir qui couvrait ses épaules et je la bâillonnai en prenant soin, cette fois encore, de ne pas trop serrer.

–Aidez Mme de Saint-Julien à monter sur la table, ordonna le colonel Portentous.

L'opération n'alla pas sans peine. Avec le pied, je bloquai la table roulante, tandis que je soutenais Bérengère en l'aidant à se hisser sur le meuble. Lorsqu'elle y fut parvenue, le colonel exigea qu'elle passe la tête dans le nœud coulant. Portentous s'approcha ensuite de moi, me fit signe de m'écarter et poussa légèrement la table roulante. Le nœud coulant se referma alors sur le cou de Bérengère.

Je poussai un cri d'horreur.

– Taisez-vous, jeune sot ! Je ne vais pas la pendre. Mme de Saint-Julien s'en chargera elle-même ! Au moindre geste qu'elle fera, la table roulera et se dérobera sous ses pieds. Alors elle perdra l'équilibre, elle tombera, et le nœud l'étranglera. Selon vous, combien de temps parviendra-t-elle à rester immobile sans faire bouger la table ?

– Vous êtes un assassin ! m'écriai-je.

– Elle vous avait prévenu ! Vous auriez mieux fait de la croire et de prendre la fuite. Mais il est trop tard à présent, et vous allez faire ce que je vous dirai. Regardez ce coffre-fort encastré dans le mur.

Le colonel Portentous me montra la porte d'un gros coffre qui se trouvait derrière le bureau.

– C'est là-dedans que sont conservés les plans de l'*Aigle d'argent*. Vous allez les voler.

– Je refuse de voler quoi que ce soit ! m'indignai-je. D'ailleurs, je suis bien incapable de forcer un coffre-fort !

– Qui parle de le forcer ? Je connais la combinaison. Ce pauvre Oscar Dudant est sans doute l'un des meilleurs ingénieurs en aéronautique que compte votre pays, mais il est terriblement distrait. Et comme il avait peur d'oublier la combinaison de son coffre, il l'a notée dans son carnet !

Avec un sourire triomphant, le colonel tira de sa poche un petit carnet à la couverture de cuir noir.

– 26 38 602, dit-il après avoir jeté un coup d'œil au carnet. Allez-y, dépêchez-vous !

D'un geste de sa main qui tenait le pistolet, il me fit signe de m'approcher du coffre.

– 26 38 602, répéta-t-il.

Résigné, je tournai la mollette qui commandait l'ouverture de la serrure. Lorsque je fus arrivé au dernier chiffre, j'entendis un déclic. La porte du coffre s'ouvrit.

– Prenez les plans ! s'exclama alors le colonel Portentous d'une voix soudain fébrile.

À l'intérieur du coffre, parmi d'autres objets, se trouvait un porte-documents. Je le pris et me retournai vers le colonel.

– Ouvrez-le, dit-il, et montrez-moi ce qu'il contient !

Je sortis de la pochette de cuir des papiers pliés que je déposai sur le bureau. Le colonel me fit signe de reculer, puis il s'approcha pour examiner le butin.

– C'est bien cela, dit-il, les yeux luisants d'avidité.

Au même instant, Mme de Saint-Julien Lespingues poussa un cri étouffé. La table roulante bougea légèrement. Je voulus me précipiter pour la retenir, mais le colonel m'arrêta d'un geste. Par bonheur, la table s'immobilisa à nouveau, mais Bérengère me lança un regard plein d'effroi qui me fit partager sa terreur.

Après avoir rangé les plans dans une poche de sa redingote, le colonel m'ordonna d'aller ouvrir une armoire au fond de la pièce. L'armoire contenait quelques vêtements accrochés à des cintres.

– Choisissez une veste et mettez-la, dit-il.

– Pour quoi faire ?

– Je veux que tout le monde vous voie !

Ses paroles m'intriguèrent. Tout à l'heure, dans le salon, j'avais eu l'impression que personne ne faisait attention à moi, comme si, aux yeux des invités, j'avais été... invisible ! Pourtant, Bérengère et le colonel Portentous me voyaient bel et bien, eux !

– Enlevez votre ridicule vêtement et mettez une de ces vestes, insista le colonel.

Sa voix s'était durcie, sa main se crispait sur le pistolet. Ce n'était pas le moment de discuter. Je décrochai d'un cintre une veste gris sombre et m'en revêtis après m'être débarrassé de mon blouson. Je transférai le contenu de mes poches dans celles de la veste et me regardai dans un miroir. Le vêtement était d'une coupe complètement démodée et beaucoup trop large pour moi. J'avais l'air d'un personnage échappé d'un film de Laurel et Hardy. Le colonel éclata de rire.

– Cette fois, vous ne risquerez plus de passer inaperçu ! s'exclama-t-il. À présent, nous allons

redescendre au salon. Si vous faites le moindre geste suspect, je vous abats! Quant à vous, Madame, ajouta-t-il à l'adresse de Bérengère, je vous félicite pour votre sens de l'équilibre. Malheureusement, les choses vont se compliquer quelque peu.

Il poussa légèrement la table roulante, obligeant la jeune femme à se pencher en arrière. À l'évidence, elle ne pourrait pas rester très longtemps dans cette position. Elle n'allait pas tarder à perdre l'équilibre, et alors...

Le cœur déchiré de devoir abandonner ainsi Bérengère, je fus contraint de sortir de la pièce. Le colonel s'était placé juste derrière moi et m'enfonçait le canon du pistolet dans le dos. Sous la menace, il me fit parcourir en sens inverse couloirs et escaliers jusqu'à la porte par laquelle nous étions sortis du salon. Je n'avais plus qu'une idée en tête : essayer par tous les moyens de m'échapper pour revenir délivrer Bérengère avant qu'il ne soit trop tard.

– Poussez la porte et entrez dans le salon, commanda le colonel.

Tout à coup, je ne sentis plus le canon du pistolet contre mon dos. Portentous avait dû le ranger dans sa poche. J'ouvris la porte et m'avançai dans le vaste salon où les invités continuaient de se presser. Cette fois, je sentis des regards se tourner vers moi et j'entendis quelques rires. Je ne passais plus inaperçu avec ma veste trop grande !

– Colonel ! lança Oscar, le maître de maison, en s'approchant de nous. Vous tombez bien, je voulais justement vous présenter l'un de mes amis. Mais qui est donc ce jeune homme ?

Oscar s'était avancé seul dans notre direction et sa corpulence avantageuse nous dérobait à la vue des autres invités.

Lorsqu'il fut tout près de nous, le colonel Portentous sortit brusquement le pistolet de la poche de sa redingote et tira à bout portant sur son hôte. Une expression d'incrédulité apparut sur le visage d'Oscar. Le colonel laissa alors tomber le pistolet sur le sol et se jeta sur moi en m'immobilisant d'une clé au bras.

– C'est lui ! C'est lui qui a tiré ! Je l'ai vu ! s'exclama-t-il en me poussant devant lui tandis que le malheureux Oscar s'effondrait sur le plancher, un flot de sang jaillissant de sa poitrine.

4

L'étang de Goule

Sans desserrer son étreinte, Portentous m'entraîna vers la porte du fond. Derrière nous, des exclamations retentissaient de toutes parts ; des femmes hurlaient, on entendait des pas précipités, des sanglots, des jurons.

– Vite, filez ! me souffla alors le colonel en me lâchant.

Je ne me fis pas prier. Détalant à toutes jambes, je m'engouffrai dans le couloir et montai quatre à quatre un escalier. Ma seule obsession en cet instant était de retrouver Bérengère pour la délivrer.

J'entendis le colonel Portentous hurler que je lui avais échappé. Il se lança à mes trousses, accompagné de plusieurs hommes accourus à sa rescousse, mais au lieu de suivre le même chemin que moi, il prétendit m'avoir vu filer dans un corridor latéral et entraîna tout le monde dans une mauvaise direction. Pourquoi agissait-il ainsi ? Je n'en savais rien, mais le moment n'était pas encore venu de chercher une réponse à la question. En redescendant au salon quelques minutes auparavant, j'avais essayé de repérer le chemin qui menait à l'endroit où Bérengère était prisonnière.

Malgré tous mes efforts, je fus cependant incapable de retrouver l'endroit. J'étais sûr de n'être plus très loin, mais il y avait tant de couloirs qui se croisaient en tous sens que je dus me rendre à l'évidence : je m'étais perdu. Du parc qui entourait la maison me parvenaient des éclats de voix. On me cherchait au-dehors, mais à cet étage tout était calme. Je me risquai alors à appeler à mi-voix, espérant que Mme de Saint-Julien Lespingues m'entendrait et pourrait guider mes pas en manifestant sa présence.

– Bérengère ! Bérengère !

J'attendis un instant. Il n'y eut aucune réponse. J'appelai à nouveau.

– Mais taisez-vous donc ! souffla alors une voix derrière moi. Vous allez ameuter tout le monde !

Je me retournai dans un sursaut et me retrouvai face à la jeune femme.

– Vous avez réussi à vous libérer ?

– Ce n'était pas très difficile. Vous n'aviez pas serré les liens.

– Le colonel a tué Oscar…

– Je sais ! coupa Bérengère. J'ai entendu le coup de feu.

– Et c'est moi qu'il a accusé d'avoir tiré !

– Bien sûr ! Il y a vos empreintes digitales sur le pistolet, et lui portait des gants. Vous êtes le coupable idéal !

Elle avait raison. Le colonel portait des gants ! En plus, j'avais laissé mes empreintes sur la porte du coffre-fort ! Tous les indices me désignaient comme voleur et assassin ! Dans ces conditions, Portentous avait tout intérêt à me laisser filer : ma fuite équivalait à un aveu.

– Il va profiter de la confusion pour s'éclipser, dit Bérengère. Il ne faut pas le laisser s'échapper !

– Ils sont tous dans le parc à ma recherche. Ils vont se jeter sur moi si nous sortons d'ici.

– On va passer par la fenêtre, de l'autre côté de la maison. C'est maintenant qu'il va falloir être souple et rapide !

Bérengère m'entraîna vers une fenêtre devant laquelle se dressait un arbre. Nous étions en automne et les branches étaient presque nues. La jeune femme ouvrit la fenêtre, enjamba la barre d'appui et, avec une souplesse étonnante, s'accrocha à une branche, fit un rétablissement et se retrouva dans l'arbre.

–À vous, dit-elle.

Bien que sujet au vertige, je me lançai sans hésitation. J'imitai chacun des mouvements de Bérengère, mais, au moment de faire le rétablissement, ma main glissa et la jeune femme me rattrapa de justesse. Je sentis sur mon poignet sa main glacée qui m'enserrait avec une force stupéfiante. Un frisson de terreur me parcourut soudain de la tête aux pieds.

–N'ayez pas peur, je vous en supplie, n'ayez pas peur, dit Bérengère d'un ton presque implorant. J'ai besoin de votre confiance...

Au même instant, un bruit de moteur s'éleva dans le silence. Deux phares transpercèrent la nuit.

–C'est lui ! C'est le colonel. Il s'enfuit avec les plans ! s'exclama Mme de Saint-Julien. Il faut le rattraper !

Tout se passa alors très vite. Avec une habileté d'acrobate, Bérengère descendit de branche en branche, m'entraînant avec elle. À ma grande surprise, je parvins à la suivre sans trop de difficulté. On aurait dit qu'elle avait la faculté de me faire partager son agilité. Je me sentais presque porté

par elle, et en quelques instants, nous eûmes atteint le sol. À l'autre bout du parc régnait un grand remue-ménage. Apparemment, on continuait de me chercher en vain.

Bérengère m'amena au bord d'un petit chemin.

– Restez ici, je vais chercher la voiture, dit-elle.

Quelques minutes plus tard, je vis apparaître la Bugatti. La portière côté passager était déjà ouverte et je me précipitai à l'intérieur de la voiture. Bérengère rejoignit bientôt la route et lança le bolide à pleine vitesse. À chaque virage, nous risquions l'accident, mais la jeune femme ne prenait pas la peine de ralentir.

– Vous allez nous tuer ! protestai-je.

– On n'échappe pas à son destin, répondit-elle avec gravité.

La tristesse, la douleur qui s'exprimaient dans le son de sa voix me mirent brusquement mal à l'aise.

Pendant un long moment, je gardai le silence tandis que la Bugatti filait entre les arbres qui bordaient la route. Puis deux feux rouges apparurent au loin.

– La voiture du colonel ! s'écria Bérengère. Je la reconnais ! Tout sera bientôt terminé. Je vous en conjure, faites exactement ce que je vous dirai ! Il faut que vous puissiez raconter !

Pourquoi cette insistance à me faire raconter ? Et à qui ? Pour le moment, il s'agissait surtout de rester vivant !

Les feux arrière de la voiture du colonel avaient maintenant disparu.

– Il a vu que je le suivais, dit Bérengère. Il prépare un piège, je le sens, je le sais. Il ne reculera devant rien !

À cet instant, le pare-brise vola en éclats.

Bérengère poussa un cri.

– Il nous a tiré dessus ! Je suis blessée ! s'exclama-t-elle.

Elle perdit le contrôle de la voiture, qui sortit de la route à pleine vitesse, monta sur le bas-côté et dévala une pente. Puis, brusquement, tandis que je me cramponnais au tableau de bord, les jambes tendues devant moi, la Bugatti perdit de la vitesse et avança comme dans une scène de cinéma filmée au ralenti. Lentement, très lentement, la voiture se dirigea vers une surface sombre sur laquelle la lune se reflétait.

– L'étang de Goule, murmura Bérengère. Retenez bien ce nom. L'étang de Goule. Vous raconterez tout ce que vous avez vu. Tout ce que vous avez vu. Promettez-moi de tout raconter !

– Je vous le promets..., murmurai-je dans un état de stupeur. Mais expliquez-moi ce qui...

– Vous comprendrez plus tard, coupa-t-elle. Et maintenant, sautez ! Sautez de la voiture ! Laissez-moi seule !

Le visage de la jeune femme ruisselait de larmes. Elle avait le teint livide et l'étoffe de sa robe était imbibée de sang. La voiture continuait d'avancer avec la même lenteur, mais l'eau de l'étang s'était rapprochée.

– Je ne veux pas vous abandonner, dis-je.

– Vous ne pouvez plus rien pour moi, répondit-elle d'une voix blanche. Sortez de la voiture, je vous en supplie ! Sautez en marche et dites que Bérengère de Saint-Julien Lespingues n'a pas trahi !

Elle tourna vers moi un visage implorant. Quelque chose d'indéfinissable me commandait d'obéir.

Alors j'ouvris la portière et sortis de la voiture aussi facilement que si elle avait été à l'arrêt. Mais à peine étais-je dehors que la Bugatti reprit sa course à toute allure, bondissant sur les bosses du terrain et filant droit sur l'étang.

Quelques instants plus tard, je vis la voiture briser la surface noire et lisse de l'eau, puis s'enfoncer rapidement et enfin disparaître dans les sombres remous de l'étang de Goule.

Les eaux se refermèrent sur la Bugatti et retrouvèrent très vite leur surface parfaitement lisse où le reflet de la lune reprit sa place. Je ne pouvais rien faire pour tenter de sauver Bérengère. Je n'aurais réussi qu'à me noyer à mon tour.

Désemparé, je tentai de rejoindre la route, mais le sol boueux et en pente rendait vains mes efforts. Je décidai de contourner l'étang pour essayer de retrouver une autre route. Je traversai un bosquet d'arbres, puis parcourus à travers champ une distance qui me parut interminable.

Enfin, alors que les toutes premières lueurs de l'aube jetaient une légère pâleur dans le ciel, j'aperçus une route. Une voiture entourée de silhouettes d'hommes en uniforme était arrêtée sur le bas-côté. Je me mis à courir dans cette direction. Les silhouettes étaient celles de gendarmes. La voiture qu'ils entouraient était la mienne.

Lorsque je parvins jusqu'à eux, hors d'haleine, les gendarmes me contemplèrent d'un air soupçonneux. Ma veste trop large devait leur paraître incongrue.

– Elle est à vous, cette voiture ? me demanda un brigadier.

– Oui.

– Il est interdit de stationner sur le bas-côté. Vous avez vos papiers ?

5

La trahison de Bérengère

Les hommes-grenouilles dépêchés sur place avaient fini par repérer une masse métallique profondément enfoncée dans la vase, et un camion-grue s'efforçait de la hisser hors de l'eau.

Mon histoire n'avait guère convaincu les gendarmes : ils ne connaissaient pas la famille Saint-Julien Lespingues, ni la société Dudant-Lespingues, encore moins le colonel Portentous.

– Si c'est un canular, cela vous coûtera cher ! m'avait prévenu le brigadier.

Curieusement, aucune trace de pneus n'apparaissait près de l'étang, à l'endroit où la voiture de Bérengère avait dévalé la pente, et je commençais à me demander si je n'avais pas rêvé.

Au bout d'un long moment, cependant, une masse sombre, tirée par le câble de la grue, émergea lentement de l'étang. Je reconnus la forme de la Bugatti. Mais la voiture était dans un tel état de délabrement qu'elle semblait avoir séjourné dans l'eau pendant des années.

Lorsque l'épave eut été ramenée sur la berge, je me détournai, pâle d'angoisse à l'idée de voir le visage de Bérengère.

– Vous affirmez que l'accident a eu lieu cette nuit ? me demanda le brigadier quelques instants plus tard.

– Oui, pourquoi ?

– Venez avec moi.

Il m'entraîna vers la voiture. Les jambes tremblantes, je sentis mon estomac vide se retourner en approchant de l'épave. La capote avait été rongée par l'humidité, découvrant l'intérieur de la Bugatti.

Derrière le volant, enfoncé dans la vase qui remplissait l'habitacle, il y avait... un squelette !

– Ce corps est resté dans l'eau pendant des années, déclara le brigadier. L'accident n'a pas pu avoir lieu la nuit dernière.

– Si. L'accident a bien eu lieu la nuit dernière, dit alors un homme qui s'était approché de nous.

Le brigadier se retourna.

– Ravier ! s'exclama-t-il. Vous êtes déjà là ? Dès qu'il y a un mort quelque part, on vous voit rappliquer !

– Vos hommes m'ont raconté ce qui s'était passé, brigadier, répondit le nouveau venu. Hubert Ravier, ajouta-t-il en me tendant la main. Journaliste à la *Tribune du Berry*.

– Journaliste d'un genre un peu particulier, lança le brigadier avec mépris. Un charognard. Il adore les cadavres.

– Je suis un historien du crime, rectifia l'homme. Et en tant qu'historien, je puis vous confirmer que Mme Bérengère de Saint-Julien Lespingues a bel et bien disparu dans la nuit du samedi 24 au dimanche 25 octobre.

Je me sentis brusquement soulagé : enfin quelqu'un me croyait !

– Octobre 1931, précisa le journaliste.

– Qu'est-ce que vous racontez, Ravier ?

– La vérité, brigadier. La veuve du comte Aldebert de Saint-Julien Lespingues a disparu le soir de l'assassinat d'Oscar Dudant.

– Oscar Dudant ? Jamais entendu parler, laissa tomber le brigadier avec mauvaise humeur.

– Un pionnier de l'aéronautique qui avait été l'associé du comte. Le même soir, les plans d'un avion révolutionnaire pour l'époque ont été volés dans le coffre-fort du bureau de Dudant.

– Qu'est-ce que c'est que cette histoire, Ravier? Vous avez décidé de vous lancer dans le roman-feuilleton, à présent?

– Certaines mauvaises langues ont insinué que c'était Mme de Saint-Julien qui les avait volés au profit du gouvernement allemand. Deux ans plus tard, en effet, l'armée de l'air allemande s'équipait d'un nouvel appareil inspiré de ces fameux plans. Bérengère de Saint-Julien ne réapparut jamais. La thèse de sa culpabilité jeta le déshonneur sur la famille de son mari et le nom de Saint-Julien Lespingues sombra dans l'infamie.

– Comment savez-vous tout cela? l'interrogea le brigadier d'un air soupçonneux.

– Je vous répète que je suis historien, brigadier. Aucun crime commis dans la région depuis deux cents ans ne m'est inconnu. L'assassinat d'Oscar Dudant a fait beaucoup de bruit à l'époque.

– Vous voulez dire que tout ce que j'ai vu cette nuit s'est passé...

– ... il y a soixante-cinq ans, jour pour jour, acheva Ravier.

– Enfin, je n'ai tout de même pas rêvé! m'indignai-je. Je suis bel et bien monté dans cette Bugatti.

Bérengère m'a emmené dans la maison d'Oscar Dudant...

–La maison des Dudant n'existe plus depuis longtemps, affirma le journaliste. Elle a brûlé à la fin de la guerre.

–Alors, selon vous, j'ai eu des visions ?

–Pas du tout ! Vous avez simplement fait un saut dans le passé.

–Vous dites n'importe quoi, Ravier ! s'exclama le brigadier.

–Je sais qu'on ne croit pas aux revenants dans la gendarmerie, mais vous avez quand même entendu parler du fantôme de l'étang de Goule ?

–Des racontars de bonne femme ! s'emporta le gendarme.

–Certains prétendent qu'à la nuit tombée, on voit quelquefois passer une vieille voiture qui file sur la route, pour disparaître à la hauteur de l'étang.

–Ce sont des sornettes ! répliqua le brigadier. Donnez-moi une preuve, une seule, que ce jeune homme ait pu se transporter la nuit dernière en 1931, et je vous croirai.

La preuve, précisément, je la possédais.

–La veste ! m'écriai-je. La veste que je porte ! Je l'ai prise dans le bureau d'Oscar Dudant !

J'enlevai la veste gris sombre que le colonel Portentous m'avait obligé à revêtir.

– Elle appartenait à Oscar Dudant, dis-je. Regardez cette coupe démodée. Une coupe des années trente.

Soudain, tandis que je tenais le vêtement devant moi, l'étoffe sembla se ternir sous nos yeux, des trous se formèrent en plusieurs endroits, la doublure se décousit, le portefeuille et les clés que j'avais mis dans les poches tombèrent sur le sol, et je n'eus bientôt plus entre les mains que quelques lambeaux de tissu. Sur un morceau de doublure resté intact, on pouvait lire les initiales O. D.

Le brigadier était devenu livide. Le journaliste regardait fixement le vêtement en loques d'un air incrédule. Quant à moi, je fus saisi d'une brusque terreur qui me fit trembler des pieds à la tête et me donna le vertige.

– Qu'est-ce que c'est que cette mise en scène ? grommela le brigadier d'une voix sourde.

– Ce n'est pas une mise en scène, répondit lentement le journaliste. Ce vêtement a soixante-cinq ans, il a subi en quelques instants l'épreuve du temps et des mites...

M'efforçant tant bien que mal de reprendre mes esprits, je racontai alors comment le colonel Portentous m'avait obligé à revêtir cette veste « pour que tout le monde me voie ».

–Pour les hommes et les femmes de 1931, vous n'existiez pas encore, dit Ravier. C'était vous le fantôme, venu d'un temps qui n'était pas le leur. Ils ne vous voyaient pas.

Je comprenais, maintenant, pourquoi le valet avait refermé la portière de la Bugatti sur mon genou ! Ne voyant personne à la place du passager, il avait cru qu'elle s'était ouverte toute seule.

–Pourtant, Bérengère me voyait, et le colonel aussi.

–Bérengère voulait faire de vous un témoin de ce qui s'était réellement passé. Elle avait besoin de vous pour témoigner dans le futur. Quant au colonel, en découvrant la vérité, vous êtes intervenu dans sa vie. Vous avez participé malgré vous à son destin. Il ne pouvait pas ne pas vous voir. Et puisque Bérengère vous mettait sur son chemin, il a décidé de se servir de vous.

–Et il a organisé une mise en scène pour faire croire que c'était moi qui avais tiré sur Oscar Dudant...

–Exactement. Pour que son plan réussisse, il fallait que les autres vous voient aussi. En vous obligeant à mettre cette veste, Portentous vous a «branché» sur son époque, comme on établit un courant électrique. Ce vêtement vous a rendu visible aux yeux des autres invités.

–Mais comment s'est véritablement passé l'assassinat d'Oscar Dudant, il y a soixante-cinq ans? demandai-je, de plus en plus déconcerté.

Hubert Ravier observa un instant de silence.

–À l'époque, dit-il enfin, le meurtrier a été décrit comme un jeune homme vêtu d'une veste gris sombre, trop large pour lui. On a même prétendu qu'il était l'amant de Mme de Saint-Julien. C'était écrit dans tous les journaux.

–Et qui était-ce? m'écriai-je, abasourdi.

– On ne l'a jamais su. Il a disparu en même temps que Mme de Saint-Julien. C'était peut-être votre double...

– C'est une histoire de fou ! ronchonna le brigadier.

– En admettant que vous ayez raison, dis-je au journaliste, pourquoi Mme de Saint-Julien m'aurait-elle choisi, moi, pour m'emmener dans son époque ? Qu'avais-je donc à voir avec elle ?

– Qui sait ? Il s'agit peut-être d'un simple hasard : vous vous trouviez là, tout seul, au bord de la route, à quelques centaines de mètres de l'étang de Goule... Pendant des dizaines d'années, Mme de Saint-Julien a hanté les alentours. Sans doute revivait-elle chaque fois le drame qui avait injustement sali sa mémoire... Elle cherchait désespérément le moyen de transmettre aux vivants la vérité : elle voulait leur dire que ce n'était pas elle qui avait volé les plans de l'*Aigle d'argent*, qu'elle n'avait pas trahi son pays. Elle voulait qu'on sache qu'elle avait été assassinée. Aujourd'hui, grâce à vous, ses restes trouveront bientôt une sépulture. Son honneur sera lavé... Elle pourra reposer en paix et l'on n'entendra plus jamais vrombir la Bugatti du fantôme de l'étang de Goule...

Alors, la voix de Bérengère résonna à nouveau dans ma tête. J'avais l'impression de l'entendre murmurer avec douceur : « Vous raconterez ce que vous avez vu. Tout ce que vous avez vu. Promettez-moi de tout raconter ! »

– Vous allez me faire une déposition détaillée, vous ! grogna le brigadier en pointant l'index sur moi.

– Volontiers, répondis-je avec un large sourire.

Pour la première fois depuis que j'avais rencontré Bérengère, je me détendis enfin. J'éprouvais soudain dans tout mon être un indicible sentiment de paix. Malgré la faim et la fatigue, je me sentais euphorique. Je n'avais plus en cet instant qu'un seul désir : raconter, tout raconter.

C'était la promesse que j'avais faite à Bérengère.

TABLE DES MATIÈRES

Achevé d'imprimer en août 1997 par Oberthur Graphique
35000 Rennes - N° 986
Dépôt légal : août 1997 - N° Editeur : 3034
Imprimé en France